VENTE DU LUNDI 23 FÉVRIER 1885

A 3 HEURES PRÉCISES

HOTEL DROUOT, SALLE N° 5

TABLEAUX

PAR

CH. BEAUVERIE

Me LÉON TUAL
COMMISSAIRE-PRISEUR
39, rue de la Victoire, 39.

M. BERNHEIM Jeune
EXPERT
8, rue Laffitte, 8.

EXPOSITION PARTICULIÈRE

Galerie BERNHEIM jeune, 8, rue Laffitte.

Mardi 17, Mercredi 18 et Jeudi 19 Février 1885.

DE 10 HEURES DU MATIN A 6 HEURES DU SOIR

EXPOSITION PUBLIQUE

HOTEL DROUOT, Salle n° 5, le Dimanche 22 Février 1885.

DE 1 HEURE A 5 HEURES

ADDITVS
NATVRÆ
PARIS
IMPRIMERIE DE L'ART

CATALOGUE

DE

TABLEAUX

PAR

Ch. Beauverie

DONT LA VENTE AURA LIEU

HOTEL DROUOT, SALLE N° 5

Le Lundi 23 Février 1885

A 3 HEURES PRÉCISES

Par le Ministère de Me LÉON TUAL, commissaire-priseur,

39, rue de la Victoire, 39

Assisté de **M. BERNHEIM** jeune, expert,

8, rue Laffitte, 8

EXPOSITION PARTICULIÈRE

Galerie Bernheim jeune, 8, rue Laffitte.

Mardi 17, Mercredi 18 et Jeudi 19 Février 1885, de 10 h. du matin à 6 h. du soir.

EXPOSITION PUBLIQUE

HOTEL DROUOT, SALLE N° 5

Le Dimanche 22 Février 1885, de 1 heure à 5 heures.

Ce Catalogue se distribue à Paris :

Chez Mᵉ **LÉON TUAL**, commissaire-priseur,

39, rue de la Victoire, 39

Chez **M. BERNHEIM jeune**, expert,

8, rue Laffitte, 8.

CONDITIONS DE LA VENTE

Elle sera faite au comptant.

Les adjudicataires payeront *cinq pour cent* en sus des enchères.

Paris. — Imp. de l'Art. E. Ménard et J. Augry
41, rue de la Victoire, 41

DÉSIGNATION

TABLEAUX

1 — *Vieille Route, à Auvers.*

> Toile. Haut., 27 cent.; larg., 35 cent.

2 — *Chemin tournant, à Auvers.*

> Toile. Haut., 35 cent.; larg., 27 cent.

3 — *Une Rue à Optevos.*

> Toile. Haut., 27 cent.; larg., 46 cent.

4 — *Le Pêcheur ; effet du matin.*

> Toile. Haut., 31 cent.; larg., 45 cent.

5 — *L'Oise ; le matin.*

Toile. Haut., 28 cent.; larg., 46 cent.

6 — *La Ferme ; après-midi.*

Toile. Haut., 27 cent.; larg., 45 cent.

7 — *L'Oise, à Vaux.*

Toile. Haut., 35 cent.; larg., 46 cent.

8 — *L'Ile de Vaux.*

Toile. Haut., 38 cent.; larg., 62 cent.

9 — *L'Oise ; fin mai.*

Haut., 5o cent.; larg., 8o cent.

10 — *Les Petits Maraudeurs.*

Toile. Haut., 56 cent.; larg., 46 cent. 1/2.

11 — *Vallée d'Optevos; après-midi.*

Toile. Haut., 38 cent.; larg., 62 cent.

12 — *Écluse d'Optevos.*

Toile. Haut., 38 cent.; larg., 55 cent.

13 — *Le Port d'Auvers-sur-Oise; le matin.*

Toile. Haut., 38 cent.; larg., 62 cent.

14 — *Bords du Furan (Ain).*

Toile. Haut., 46 cent.; larg., 61 cent.

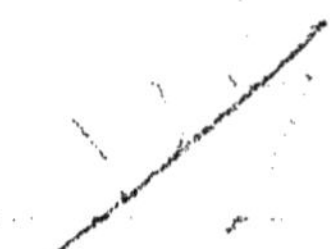

15 — *A Rossillon (Ain); le matin.*

Toile. Haut., 38 cent.; larg., 62 cent.

16 — *Un Sentier à Auvers; matinée d'automne.*

Toile. Haut., 26 cent. 1/2; larg., 46 cent.

17 — *Vieux Moulin à Rossillon (Ain).*

Toile. Haut., 31 cent.; larg., 46 cent.

18 — *Bords de l'Oise.*

Toile. Haut., 29 cent.; larg., 46 cent.

19 — *Le Ru de Vallangoujard.*

Toile. Haut., 31 cent.; larg., 45 cent. 1/2

20 — *Chemin de la Bonneville.*

Toile. Haut., 27 cent.; larg., 46 cent.

21 — *Étang de Gilieu ; matin.*

Toile. Haut., 38 cent.; larg., 62 cent.

22 — *Vallée d'Amby ; matin.*

Toile. Haut., 38 cent.; larg., 62 cent.

23 — *La Pira Benaetz (Loire).*

Toile. Haut., 38 cent.; larg., 62 cent.

24 — *Les Bateaux du pêcheur ; après-midi d'automne.*

Toile. Haut., 35 cent.; larg., 38 cent.

25 — *Brouillard sur l'Oise.*

Toile. Haut., 38 cent.; larg., 55 cent.

26 — *A Optevos (Isère).*

Toile. Haut., 33 cent.; larg., 42 cent.

27 — *Fin d'automne.*

Toile. Haut., 32 cent.; larg., 46 cent.

28 — *Bords de l'Oise, en mai.*

Toile. Haut., 46 cent.; larg., 38 cent.

29 — *Vieille Route, à.Auvers.*

Toile. Haut., 31 cent. 1/2; larg., 46 cent.

3o — *Communaux de Gilieu (Isère).*

> Toile. Haut., 46 cent.; larg., 65 cent.

31 — *Le Gué.*

> Toile. Haut., 38 cent.; larg., 62 cent.

32 — *Vallée d'Amby ; après-midi.*

> Toile. Haut., 38 cent.; larg., 62 cent.

33 — *La Vanne du moulin de Bricourt.*

> Toile. Haut., 46 cent.; larg., 32 cent.

34 — *Le Maréchal ferrant ; effet de neige.*

> Toile. Haut., 38 cent.; larg., 55 cent.

35 — *Entrée du village d'Optevos; effet de neige.*

Toile. Haut., 56 cent.; larg., 45 cent. 1/2.

36 — *Une Briqueterie, à Auvers.*

Toile. Haut., 31 cent.; larg., 46 cent.

37 — *Le long de l'île de Vaux.*

Toile. Haut., 31 cent.; larg., 46 cent.

38 — *Femmes au puits.*

Toile. Haut., 48 cent.; larg., 36 cent.

39 — *Les Moutons de Grinwald (Oise).*

Panneau. Haut., 20 cent.; larg., 40 cent.

40 — *L'Oise à Auvers.*

> Panneau. Haut., 20 cent.; larg., 40 cent.

41 — *Vue des ruines de Montrond (Loire).*

> Panneau. Haut., 20 cent.; larg., 40 cent.

42 — *Marais sur les hauteurs de Sicieux (Isère).*

> Panneau. Haut., 23 cent.; larg., 32 cent.

43 — *Le Petit Pont.*

> Panneau. Haut., 20 cent.; larg., 40 cent.

44 — *Marais d'Optevos.*

> Toile. Haut., 31 cent.; larg., 46 cent.

9 782329 288710